AF370920

LES MOINES

COMEDIE NOUVELLE.

La Scene est à Monaco dans les grandes
Cazernes

M. DCC. XVI.

LES MOINES.

COMEDIE.

ACTE PREMIER.

L E théatre representant une sale, où les
Moines sont assemblez.

SCENE PREMIERE.

LE PRIEUR, LES MOINES.

PREMIER MOINE.

Tout repond à nos vœux, ah ! vive Dom Prieur,
    Qui met sa gloire
    A faire boire
    Aujourd'hui du meilleur.
    Ah ! vive Dom Prieur.

CHOEUR.

Ah ! vive Dom Prieur , &c.

SECOND MOINE.

Allons tous celebrer une fête si belle ;
A ij

Laiſſons aux Novices le Chœur,
Notre Prieur au cellier nous appelle,
Et d'un flacon qu'il tient nous offre la liqueur.

CHOEUR.

'Ah ! vive Dom Prieur , &c.

SCENE II.

LE PRIEUR, LE CUISINIER,
LES MOINES.

LE CUISINIER.

Nos Preres, tout eſt prêt.

CHOEUR DES MOINES.

      Beniſſons le Seigneur.

LE PRIEUR.

'Ah ! de tant de goſiers que faut-il que j'eſpere ?
Au prix de cent flacons puis-je les ſatisfaire ?

SCENE III.

LE PRIEUR, LES MOINES,
UN BIGOT.

LE PRIEUR.

Que veut ce beuveur d'eau , ce bigot aux yeux doux ?

CHOEUR.

Au Moyſe, au Moyſe une grêle de coups.

PREMIER MOINE.

Le vin pur lavera ſon crime.

LE PRIEUR.

Non, qu'il ſorte.

BIGOT.

Prieur, de mes talens jaloux
Faut-il donc que mon dos devienne ta victime ?

SCENE IV.

Le theatre change, & repreſente le refec-
toir, où le Prieur & les Moines ſont à table
tenans chacun une bouteille à la main.

LE PRIEUR.

Doux breuvage !

PREMIER MOINE.

Voyez le maître de ces lieux
Déja le vin ſort par ſes yeux.

A iij

LE PRIEUR.

Quiconque m'aime
Fasse de même.

LE CHOEUR.

Quiconque m'aime &c.

PREMIER MOINE.

Qu'à nos autels le peuple offre ses vœux ;
Les seuls Moines ont droit d'être toûjours heureux ;
Aux armes , aux armes , aux armes , aux armes ,
Parmi nous on se bat sans craindre les allarmes
Aux armes , &c,

LE PRIEUR.

Qui boit le pot d'un trait doit passer pour héros.
Nobles guerriers troupe fidele ,
Vous qui dans le dortoir partagez mon repos ,
A trinquer comme moi montrez le même zele.

CHOEUR.

A coup de verres ;

MOINE.

Bientôt frere François reviendra de la quête
A remplir le cellier il borne ses désirs ,
Il trouve en cent endroits toûjours bouteille prête ,
Buvons tous , il sçaura fournir à nos plaisirs

LE CHŒUR.

Aux armes, &c.

MOINE.

C'est assez, attendons le bon Frere François,
Frere Felix faites merveilles,
Dansez, sautez au son de nos bouteilles
Chantez, joignez-vous à ma voix.

MOINE.

Des plaisirs que le froc nous donne
Ne laissons pas échaper un moment ;
Que de grands Rois ont quitté la Couronne
Pour la paix du Couvent.
Le cellier, la cuisine
Y partagent le jour.
Va-t-on à Matines,
On boit au retour.

MOINE.

Berthe peu fine
Tu nous crois bien fous,
De la discipline
Crois-tu que les coups.
Soient pour nous,
Souvent nos bons Freres
Pour duper les sots
Frappent les carreaux
Ou leurs scapulaires,
Et jamais leurs dos.

SCENE V.

LE PRIEUR, MOINES QUESTEURS.

LE PRIEUR.

Venez Frere François avec le Frere Eugene,
Entrez fameux Questeur, venez, venez à nous,
La paix soit avec vous
Si la besace est pleine.

PREMIER MOINE.

Les ris, les jeux
Sont pour les Moines,
Les ris, les jeux,
Tous les plaisirs sont faits pour eux.
Pourquoi pleuroient autrefois les Antoines ?
Les ris, les jeux.

SECOND MOINE.

Frere François ferre la mule,
Frere François
Queste pour deux, & boit pour trois
Avant d'entrer le soir dans sa cellule.

TROISIE'ME MOINE.

Vous avez bû, bon Frere Eugene,
Vous avez bû,
Et mis plus d'un broc sur cû.

Vou

Vous ne pouvez vous foutenir qu'à peine ,
Vous avez bû.

QUATRIE'ME MOINE.

Ce gros tonneau que porte Eugene
Créve de trop de vin nouveau :
Nous nous trompons , c'eft fa bedéne
Ce gros tonneau , &c.

CHŒUR DES MOINES
Qui s'apperçoivent que les befaces font vuides.

Aux armes , aux armes , &c.
Donnons cent coups à ces Caffards;
Le vin qu'ils nous ont bû doit leur coûter des larmes,
Ils ont tout bû le vin aumôné pour les . . . .
Aux armes , &c.
La difcipline en main frapons de toutes parts.
Aux armes , &c.
Tous fortent en défordre.

ACTE SECOND.

SCENE PREMIERE.

BIGOT , DEUX MOINES.

PREMIER MOINE.

Une autre fois nous vous fervirons mieux,

B

Pouſſez ſeul en ſecret des ſoupirs vers les cieux,
L'eau que vous avalez vous rend la peau plus tendre;
    Vous ſaignez pour un coup ou deux,
    Le retour ſera plus heureux ,
Une autre fois nous vous ſervirons mieux.

BIGOT.

Craignez, craignez qu'enfin le Ciel ne vous puniſſe;
    Juſqu'ici pour le retenir ,
Ingrats, j'avois porté la haire & le cilice;
Mais mon ſang répandu l'oblige à vous punir.

DEUXIE'ME MOINE.

Mon bras vaut mieux qu'une haire
Il s'offre à redoubler les coups.

BIGOT.

Satan vous tente, mon Frere,
Sortez & fuyez loin de nous

SCENE II.

BIGOT SEUL.

    Vangeons nous d'eux en leur abſence,
Trinquons comme en ſecret je le fais quand je puis
    Mais hélas cruelle vengeance !
    On me croit devot, on verra qui je ſuis.
    Lâche, que t'a ſervi cet air de penitence ,
A chanter tout au plus quelqu'antienne au lutrin;

Mais ceux-là font Prieurs qui dans leur large panfe
Sçavent à plus grands flots faire couler le vin.
Ne nous cachons donc plus , c'eft manquer de courage,
Bouteilles pardonnez, j'ai rougi d'êrre à vous,
De me voir grand Veftier le Prieur eft jaloux,
    Qu'il créve l'ingrat , qu'il enrage
De me voir un buveur plus illuftre que tous.
    Qu'entens-je ? prend-on ma querelle ?
Ah ! beau nom de devot faudra-t-il te changer ?
Des quefteurs en couroux c'eft la troupe fidelle ,
Plaife au Ciel que leur bras s'arme pour me vanger.

SCENE III.

QUESTEURS DISCIPLINEZ,
BIGOT.

PREMIER QUESTEUR.

Non jamais penitent pendant tout un Carême
    Ne fut traité fi rudement ,
Les traîtres qu'au cellier cent fois j'ai mis à même
    Craignoient de fraper doucement !
    Ah ! le cruel tourment !
Mon dos en faigne encor, ma douleur eft extrême,
    Des deux côtez je fouffre également.
    Oh ! le cruel tourment !
Non jamais penitent , &c.

DEUXIE'ME QUESTEUR.

    Pourquoi donc cette rude peine !
Le matin fous le fait d'une beface pleine

Mon dos, mon large dos plioit à tout moment;
Et j'ai crû que dans ma bedene
Je porterois le poids plus aiſément.
Fut-il jamais crime plus pardonnable !
Les chapons, les poulets, tous leur parloit pour nous;
Et le Prieur à table
N'a jamais voulu rien nons donner que des coups.

LE BIGOT.

Le Ciel vous ſera favorable,
Queſteur, le Pere Luc ſe declare pour vous,
Un Prieur eſt redoutable,
Mais on ſçait ce que vaut un devot en couroux.

SCENE IV.

LES QUESTEURS, CHOEUR.

PREMIER QUESTEUR.

Non jamais Capucin, fût-ce un novice même,
Ne fut traité ſi rudement.

SECOND QUESTEUR.

Ah ! François, le vin ſeul à ma douleur extrême
Peut donner du ſoulagement.

LE CHOEUR.

O le cruel tourment !
Mon dos, &c,

PREMIER QUESTEUR.

Prend-t-on Frere François pour un bon Nicodéme,
    Qu'on peut choquer impunément ?

CHOEUR.

O le cruel tourment.

3. QUESTEURS *le pot à la main.*

Quel spectacle charmant pour le Frere François ?
Le pot que j'ai sauvé de leurs mains inhumaines
Ne peut-il pas servir de remede à nos peines ?
Chers amis, chers amis, buvons à nous trois ;
Tandis que ces bourreaux m'étrilloient, au Moyse !
    Je le cachois dans ma chemise,
    Le pot eût calmé leur courroux.
Mais j'aime plus le vin que je ne crains les coups,
Mais j'aime plus, &c.
    Quand on obtient ce qu'on aime
    Qu'importe, qu'importe à quel prix.

PREMIER QUESTEUR.

    Que tout le monde surpris
    Me condamne à soif extrême,
Qui couste tant de sang à tous nos dos meurtris.
    Quand on obtient ce qu'on aime,
    Qu'importe, qu'importe à quel prix.
Je meurs, helas ! Adieu cave que j'ai remplie.

SECOND QUESTEUR.

Sans boire encor un coup ne quittons pas la vie.

TROISIE'ME QUESTEUR.

Ah ! fongeons à venger de fi vives douleurs.

QUATRIE'ME QUESTEUR.

'Ah ! noyons dans le pot nos foupirs & nos pleurs.

SCENE V.
QUESTEURS, BIGOT, FRERES....

BIGOT.

Vengeons-nous du Prieur qni n'épargne perfonne.

FRERES.

Nos Moines couronnez n'ont rien qui nous étonne.

BIGOT.

Tous les Convers armez nous offrent leur fecours,
Sonnez , tambours.

LE SACRISTAIN.

Je veux feul par leur défaite
Les reduire à la burette.

Le tambour bat : pata, pata, pon.

Je fçavons comme on fe bat ;
Mais j'ai-je pas été Goujat,

Poules, vous craignez ma brette.

Pata, pata, pon.

L'APOTIQUAIRE.

A donner tant de clistéres,
Qu'as-tu reçû de nos Peres ?

Pata, pata, pon.

Dans leur ventre un anodin
Faisoit faire place au vin,
Place qui ne duroit gueres.

Pata, pata, pon.

LE PORTIER.

Quoiqu'il entre, & quoiqu'il sorte,
J'ai droit de dixme à la porte.

Pata, pata, pon.

Mais c'est la clef du cellier,
Dont le Prieur est portier,
Qu'il faut sur tout que j'emporte.

Pata, pata, pon.

L'INFIRMIER.

Puisque la pitance on touche,
Et qu'on vous prend par la bouche,
Tamponez les moi d'abord,
Et sans attendre leur mort

Qu'au tombeau l'on me les couche.

Pata, pata, pon.

LE COUTURIER.

Le Frere Eugene en colere
Veut combattre à sa maniere.

Pata, pata, pon.

Ils n'auront chausses ni froc,
Ma foi cela leur est hoc,
Et l'on verra leur derriere.

Pata, pata, pon.

LE SOMELIER.

A rôtir pour leur machoire
Ne mettons plus notre gloire.

Pata, pata, pon.

Ils voudroient bien, les ingrats
Que nous n'eussions que des bras,
Et point de gosier pour boire.

Pata, pata, pon.

Le bras du Frere Gregoire
Nous répond de la victoire.

Pata, pata, pon.

PREMIER QUESTEUR.

Pour nous mettre plus au large

Du

Du Prieur j'aurai la charge.

Pata, pata, pon.

Ici pour être Gardien
Il suffit d'entonner bien,
C'est assez sonner la cloche.

Pata, pata, pon.

SECOND QUESTEUR.

Enfonçons le cellier j'en sortirai plus brave.

PREMIER QUESTEUR.

Helas ! rompu de coups, je ne puis me hâter.

SECOND QUESTEUR.

Rien ne doit arrêter quand on court à la cave.

CHOEUR.

Rien ne doit arrêter.

❋❋❋❋❋❋❋❋❋❋❋❋❋❋❋❋❋❋❋❋❋❋❋❋

ACTE TROISIE'ME.

LE theatre represente un dortoir, où le Prieur est endormi.

SCENE PREMIERE.

PRIEUR, PREMIER MOINE, CHOEUR.

PREMIER MOINE.

Quoi vous dormés encor tandis qu'un beuveur d'eau

Renverse & perd le fruit de toute ma vendange,
Le bigot dont le puits doit être le tombeau
Par les mains des Convers à la cave se venge.
Levons nous, jettons-le au puits la tête en bas;
Sois sûr que tu boiras, Bigot, que tu boiras.

LE PRIEUR *s'éveillant.*

Aux armes aux armes
Paresseux....
Que ces vaisseaux de vin nous vont couter de larmes
O Ciel quels clameurs!
De notre heureux sommeil on trouble les douceurs.

MOINE.

Tout retentit du bruit que font ces frénetiques,
Armons nous de flacons, couvrons nous de barriques
Lançons armes & pots: doux jus qui vas couler,
Te repandrai. je en vain quand je puis t'avaler

CHOEUR.

Doux jus qui vas couler,
Te repandrai-je en vain &c.

SCENE II.

SIX QUESTEURS FRERES...
LE PRIEUR, LES MOINES,
CHOEUR.

PREMIER CHŒUR DE FRERES.

Au meurtre nous sommes tous faits,

Qu'à maſſacrer tous ces poulets
Le cœur ne nous manque jamais.
Songe Prieur à ton décès
Grego re ne veut point de paix ,
Il veut t'envoyer *ad Patres*

SECOND CHOEUR DE FRERES.

Volez urnes & pots donnons leur des bouteilles
Par le nez & par les oreilles
Volez volez volez pots & flacons
Et ne reſpectés point leurs nez pleirs de bourgeons

LE CUISINIER AU PRIEUR.

Meurs , ingrat, meurs,
Gregoire de poulets & de perdrix t'engraiſſe;
Pour toi ſeul d'un foyer il ſoutient les ardeurs,
Et tu vis de la ſoif qui le brûle ſans ceſſe

LE PRIEUR.

Gregoire y penſes-tu? ce verre à double étage,
Les doux replis d'un menton frais ,
De tes ſueurs le glorieux ouvrage
Le veux-tu détruire à iamais ?

LE CUISINIER.

Oüi je veux détruire à jamais
De mes ſueurs l'ingrat ouvrage,
Abbattre les replis d'un menton toûjours frais,
Percer ce ventre à double étage.

LE PRIEUR.

Freres ! ah ! ah ! d'une triſte bouteille
Ecoutez le glou glou, voyez couler ſes pleurs,
Elle vous prie au nom de ce jus de la treille
De vouloir épargner le maître des Beuveurs.
Ah ah d'une triſte bouteille
Ecoutez &c.

C ij

LE CUISINIER.

Ciel contre une bouteille affermis mon courage,
Vers le cœur d'un ingrat pour m'ouvrir un paſſage
Juſques à la percer il faut être inhumain!
Il faut verſer du vin helas de l'Hermitage!
La percer ! ah plutoſt qu'on me perce le ſein

DEUX FRERES.

Haſte toi : ſamort doit nous plaire;
Crains tu de venger
Le dos de ton frere?
Quand on délibere,
C'eſt qu'on veut changer

LE PRIEUR.

Quoi rien ne les arrête?
Doux flacon d'où dépend mon ſort,
Il faut ſi je te perds me reſoudre à la mort;
D'un coup fatal que l'on t'apprête
Je reſſentirai tout l'effort,
Le flacon d'ou dépend mon ſort
A vous tous offre un rouge bord,
Ah ne ſentez vous rien qui vous arrête?

PREMIER FRERE.

Cedez , le vin a des charmes
Qui captive les heros.

CHOEUR.

Cedez le vin a des charmes

Qui captive les heros.
Tel eſt vainqueur dans les armes
Qu'on voit vaincu parmi les pots

II. FRERE.

La ſoif qu'on ſouffre à la guerre
Vend cher la gloire aux guerriers
Un petit bouchon de lierre
Vaut mieux qu'un faiſceau de lauriers

SCENE III.

BIGOT, PRIEUR, MOINES
CHOEUR

BIGOT.,

Pour un ſeul pot de vin, laſche & vaine tendreſſe!
Tu boiras, tu boiras quand nous ſerons vainqueurs,
Le dos d'un Pere Luc & celui desQueſteurs
Tout reproche à ton bras ſa honteuſe foibleſſe,
  Pour un ſeul pot de vin
Tu boiras&c.

Il rompt la bouteille du Prieur avec la broche.

CUISINIER.

CHOEUR DES MOINES.

O deplorable guerre
Qui nous coûte un flacon ,

Sauvons le vin, la terre
Le boit & le trouve bon ;
Dindon dindon,
Sonnez le carillon
D'une bouteille pleine,
Toute l'eau de la Seine
En pleurs la changeât-on
Ne suffiroit qu'à peine
Pour pleurer un flacon.
Dindon dindon

PREMIER MOINE.

Pourquoi tant d'allarmes
Mettons bas les armes

UN FRERE.

Qu'on nous laisse trinquer......guerre.toûjours

II. MOINE.

Pour tarir nos larmes
C'est à la eave que je cours

Tous les Moines chantent la chanson suivante......

Prenons Peres
Tous le verre en main,
Mocquons nous du lendemain.
Prenons Peres
Tous le verre en main.
Le flacon est toûjours plein,
Quand tous nos futs
Seront sans jus

Nous chercherons quelque bête aux écus.
Que nos . . . . sortent , &c.
Avalons de ce Bourguignon,
Ah ! Dieu qu'il est bon ;
Plaise au Ciel que souvent
On en apporte au Couvent ?
Il n'est aucun de nous
Qui n'ait droit au flacon doux
Depuis notre Prieur jusqu'au dernier de tous.
Bûvons comme des trous,
Mondains soyez jaloux
D'un bonheur si pur & si doux,
Chez vous on ne peut vivre en paix
On craint toûjours femme ou procès;
Rats de cave ou laquais
Disment sur vos godets;
Sans cesse vos marmots
Troublent votre repos
Loin ces fâcheux :
Ici qu'on est heureux !
Un froc crasseux
Est bien moins affreux;
Avec nos habits geux
Nous bûvons en tous lieux
Nous trouvons devotes & devots
Qui remplissent nos pots ,
Quand du vin de leur clos
Dupez par nos bons mots,
Ont chargé notre dos ;
Le vin au Moutier fait nargue aux impots.
Tous vos valets
Sonts faits
A boire au buffet.
Notre Prieur
A trop d'horreur

Pour le larcin,
Sur tout du vin.
Loin ces marauts,
Nous ferions fots
De leur donner le foin des pots.
Loin ces marauts , &c.
Prieur , trinquez d'abord ,　　　　*bis*
Ce rouge bord
Vous convient fort.
Tout Moine bon vivant
Fait fortune au Couvent ;
Mais fouvent un fçavant
Ne foufle que du vent.
Mocquons-nous de ces Peres Loyolas ,
Même aux jours gras ,
Ils ne s'enyvrent pas.

CHOEUR.

Mocquons-nous de ces Peres , &c.
Avoir le bon goût du latin
C'eft leur deftin ;
Le goût fin pour le vin ,
Nous l'avons fans lire Callepin.
Que fert Bonacine
Et Diane ?

CHOEUR.

Que fert Bonacine
Et Diane , &c.
Voilà tout le Droit-Canon :
Liquidum non frangit jejunium.
Tout le refte eft une chanfon.

F I N